Christoph-Maria Liegener

Der ungläubige Thomas

Roman

Verlag:
BoD · Books on Demand GmbH,
In de Tarpen 42, 22848 Norderstedt, bod@bod.de
Druck:
Libri Plureos GmbH, Friedensallee 273,
22763 Hamburg
Cover-Bild: Shutterstock – Der ungläubige
Thomas von Notre Dame de Paris

ISBN:
978-3-7597-9360-7

Inhalt

Vorwort

Jeder kennt die Geschichte vom ungläubigen Thomas. Nicht so bekannt ist, wie es mit Thomas nach dieser Geschichte weiterging. Hier wird versucht, ein kohärentes Bild dieser interessanten Persönlichkeit zu zeichnen. Dabei habe ich mir erlaubt, meine Fantasie die Lücken in unserem Wissen über diesen Heiligen füllen zu lassen.

Christoph-Maria Liegener

Vorgeschichte

Der junge Thomas galt unter seinen Altersgenossen als schwierig. Er war langsam, aber gründlich. Seine Altersgenossen beklagten sich, dass man sich mit ihm nicht amüsieren könne. Er verstand einfach ihre Witze entweder gar nicht oder viel zu spät. Also amüsierten sie sich nicht mit ihm, sondern über ihn. Sie spielten ihm kleine Streiche. Einmal wollten sie ihn so richtig hereinlegen.

Da sie in der Pubertät waren, musste es etwas mit Mädchen sein. Sie erzählten ihm, dass Esther, das schönste Mädchen des Dorfes, Interesse an ihm geäußert hätte und sich um 12 Uhr mittags am Dorfbrunnen mit ihm treffen wollte. In Esther waren alle Jungs des Dorfes verliebt und auch Thomas himmelte sie heimlich an.

Thomas fiel auf den Schabernack herein. Er pflückte am nächsten Tag vormittags einen Strauß schöner Feldblumen und fand sich dann um 12 Uhr am Dorfbrunnen ein, wo er lange vergeblich auf sein angebliches

Date wartete. Wie er da einsam und verlassen mit seinem Blumenstrauß wartete, gab er ein ziemlich jämmerliches Bild ab. Er hätte sicher noch den ganzen Tag dagestanden, aber irgendwann glaubten die anderen Jungs, die sich in der Nähe versteckt hatten, dass es genug sei, und kamen mit lauten Lachen und Gejohle aus ihrem Versteck hervor.

Thomas wäre vor Scham am liebsten in den Boden versunken. Aber er hatte seine Lektion gelernt. Wenn ihm jemals wieder jemand einen Streich spielen wollen würde, so würde er nicht mehr darauf hereinfallen. Er gewöhnte sich an, alles zu bezweifeln, was andere ihm erzählten. Er wurde ein notorischer Zweifler.

Zunächst aber wollte er es den Jungs heimzahlen. Er nahm den Blumenstrauß, suchte Esther in ihrer Hütte auf, übergab ihr den Strauß und erzählte ihr die ganze Geschichte. Esther war nicht nur hübsch, sie hatte auch das Herz auf dem rechten Fleck. Energisch sagte sie:

„Das werden wir gleich haben."

Dann nahm sie Thomas bei der Hand und ging mit ihm zu den Jungs, die in einer Ecke des Dorfplatzes auf einem Haufen rumstanden. Dort konfrontierte sie die Bande mit dem Vorwurf, den Thomas gegen sie erhoben hatte. Da wurden sie ganz kleinlaut und gaben alles zu. Zum Schluss stotterten sie:

„Entschuldigung, Esther!"

Esther entgegnete:

„Entschuldigt euch gefälligst bei Thomas!"

„Entschuldigung, Thomas!", beeilten sie sich zu sagen.

Diesmal waren sie es, die dastanden wie die begossenen Pudel. Das war Gerechtigkeit.

In Zukunft ließen sie Thomas in Ruhe.

Thomas war Esther sehr dankbar und Esther hatte ein klein wenig Verantwortung für ihn übernommen. Sie freundeten sich an.

Es war ein rein platonisches Verhältnis. Sie sprachen nie über Gefühle. An etwas Körperliches dachte Thomas überhaupt nicht. Trotzdem hätte er nicht ausschließen können, dass er in ein paar Jahren, wenn er eine eigene Hütte gebaut hätte, um ihre Hand anhalten könnte. Und vielleicht hätte sie seinen Antrag sogar angenommen.

Aber es kam alles ganz anders.

Ein paar Jahre später war Thomas erwachsen geworden. Sein Hang zum Zweifel war ihm geblieben, auch seine Zuneigung zu Esther. Er hatte den Beruf eines Fischers ergriffen.

Thomas saß mit seinen Kollegen in einem Boot auf dem See Genezareth. Sie waren alle Fischer. Es war Nacht, es stürmte und eine Bö hätte Thomas fast über Bord geworfen.

Einer der anderen Fischer rief:

„Da hast du ja nochmal Glück gehabt, Thomas. Um ein Haar hätte dich die See-nymphe erwischt."

„Was soll sie mir schon tun", antwortete Thomas. „Ich kann schwimmen."

„Sie hätte dich unter Wasser gezogen und dir deine unsterbliche Seele genommen."

„Wenn das so ist, sollte sie wenigstens hübsch sein."

Alle lachten mit ihm.

Da der Morgen bereits dämmerte, beendeten sie ihren Fischzug und legten am Ufer an, um ihre Netze zu reinigen.

Sie hatten nichts gefangen und Thomas sagte zu Simon, ihrem Anführer:

„Du hast uns versprochen, dass wir viel fangen würden, wenn wir heute Nacht auf den See hinausfahren. Und ich habe dir versprochen, dass du eins auf den Deckel bekommst, wenn wir nichts fangen. Wir haben nichts gefangen."

Simon antwortete:

„Das ist schon richtig. Aber da ich mein Versprechen nicht gehalten habe, brauchst du deines auch nicht zu halten."

Thomas grinste und gab Simon einen Knuff in die Seite. Sie machten sich daran, die Netze zu reinigen. Jakobus stellte eine Aufgabe:

„Könnt ihr gut rechnen? Sagen wir, im See sind 1000 Fische. Hundert ertrinken. Wie viele schwimmen dann noch herum?"

Thomas wusste es:

„Immer noch 1000, weil Fische nicht ertrinken können."

Thomas hatte den Spaß nicht als Flachwitz erkannt und die Aufgabe ernst genommen. Er war immer noch zu langsam.

Das passierte ihm immer wieder. Einer warf in die Runde:

„Meine Frau schreit immer, wenn sie kommt."

Thomas fragte ganz unschuldig:

„Hat sie denn keinen Schlüssel?"

So war er eben, aber im Gegensatz zu den Jungs in seiner Jugend verspotteten ihn seine Freunde nicht und wussten ihn zu schätzen.

Alle lachten wohlwollend und man ließ sich zur Ruhe nieder.

Nahe dem Ufer, wo sie gelandet waren, stand jener Wanderprediger, den sie Jesus nannten, und redete zu einer großen Menschenmenge.

Die Fischer bemerkten ihn und sprachen über ihn. Sie hatten schon viel von ihm gehört. Er predigte von Gott und dem ewigen Leben und er schien etwas davon zu verstehen.

Johannes meinte:

„Vielleicht sollten wir ihn fragen, ob wir beim Beten fischen dürfen."

Simon sagte:

„Das brauchen wir ihn gar nicht erst zu fragen. Da kennen wir die Antwort. Er ist in Glaubensdingen sehr streng. Anders wäre es, wenn wir ihn fragten, ob wir beim Fischen beten dürfen."

Thomas hatte wieder eine lange Leitung und platzte heraus:

„Das dürften wir wahrscheinlich."

Nun war inzwischen auch Jesus auf die Boote aufmerksam geworden, kam zu ihnen herüber und fragte Simon:

„Könntest du mich ein wenig aufs Wasser bringen, damit ich besser zu den Menschen sprechen kann?"

Simon war einverstanden und sie fuhren ein Stück auf den See. Die Menschen versammelten sich am Ufer und Jesus sprach zu ihnen.

Als er fertig und wieder am Ufer war, sagte er zu Simon:

„Fahrt jetzt weiter hinaus auf den See und werft eure Netze aus!"

„Herr«, erwiderte Simon, »wir haben die ganze Nacht hart gearbeitet und nichts gefangen. Aber weil du es sagst, will ich es tun.“

Thomas hatte Zweifel und meinte:

„Lasst euch doch nicht an der Nase herumführen! Das ist vergebliche Liebesmüh. Wir werden nichts fangen.“

Simon aber sprach:

„Jesus hat es empfohlen und ich vertraue Jesus. Ich werde hinausfahren. Allein werde ich es allerdings nicht schaffen. Ich hoffe doch, dass ihr mitfahrt.“

Alle versicherten, dass sie mitmachen würden.

Sie fuhren wieder auf den See und fingen soviel Fische, dass ihre Boote durch Überlastung fast zu sinken begannen. Als sie wieder am Ufer waren, sprach Simon zu Jesus:

„Das ist ein Wunder. Ich bin nicht würdig, dass du das für mich tust.“

Jesus aber antwortete ihm:

„Fürchte dich nicht! Du wirst von nun an keine Fische mehr fangen, sondern Menschen für mich gewinnen."

Er erklärte ihnen, was er meinte: Sie sollten all ihren Besitz, ihre familiären Bindungen, ihre Heimat aufgeben und ihm nachfolgen, von ihm lernen und in seinem Sinne tätig werden. Das hieß, sie sollten in seinem Namen auch Wunder tun und weitere Nachfolger für ihn finden. Sie sollten Menschenfischer werden.

Das war eine radikale Forderung. Umso erstaunlicher ist es, dass alle angesprochenen Fischer dem zustimmten. Wahrscheinlich standen sie noch unter dem Eindruck des erlebten Wunders. Auch muss die Persönlichkeit Jesu ungemein überzeugend gewirkt haben. Trotzdem ist es erstaunlich.

Thomas verabschiedete sich noch von seinen Eltern und Esther. Zuerst ging er zu seinen Eltern. Diese waren enttäuscht, dass er gehen wollte. Sie hatten gehofft, ihr Sohn würde sie im Alter unterstützen. Es gab ein paar Tränen von seiner Mutter. Der Vater bewahrte tapfer seine Haltung. Aber sie ließen ihn ziehen.

Dann suchte er Esther auf. Sie reagierte positiver. Zwar hatte sie im Lauf der Zeit schon bemerkt, dass sich zwischen Thomas und ihr eine Bindung entwickelt hatte, aber sie erkannte, dass Thomas nun im Begriff war, seinem Leben eine völlig neue Richtung zu geben. Das bedeutete ihm viel und sie wollte dem nicht im Weg stehen. So sah sie ihm fest in die Augen und sagte:

„Ich wünsche dir alles Gute für deinen neuen Lebensweg."

Dann fügte sie leise hinzu:

„Und wenn du wirklich ein Heiliger wirst, dann bitte bei Gott für uns!"

„Ich werde euch nicht vergessen", versprach Thomas.

Von dem Tag an folgten die Fischer Jesus als seine Jünger.

Jesus zog mit ihnen durch die Lande, predigte, heilte Kranke und wirkte viele weitere Wunder, wodurch er seine Jünger immer mehr überzeugte. Es wurden immer mehr, die ihm nachfolgten.

Schließlich suchte er zwölf unter ihnen aus und nannte sie seine Apostel. Thomas war einer von ihnen.

Thomas war immer noch ein stiller Typ, der sich aber seine Gedanken machte und nichts leichtfertig glaubte. In einer ruhigen Stunde fragte er Jesus unter vier Augen:

„Herr, alle behaupten, du seiest Gottes Sohn. Woher weiß man das eigentlich?"

War die Frage unverschämt? Für Thomas nicht. Er hinterfragte alles. Jesus kannte ihn gut genug, um das zu wissen. Er antwortete:

„Mein lieber zweifelnder Thomas, Gott selbst hat es bei meiner Taufe im Jordan verkündet. Damals riss der Himmel auf, der Heilige Geist kam wie eine Taube auf mich herab und eine Stimme ertönte aus dem Himmel und sprach: ‚Du bist mein lieber Sohn, an dem ich Wohlgefallen habe.' Das war die Stimme meines Vaters, der mich als seinen Sohn anerkannt hat."

Thomas staunte und meinte:

„Da wäre ich gern dabei gewesen.“

Jesus lächelte und sagte:

„Ich weiß, du glaubst nur, was du selbst gesehen hast. Dieses Ereignis hast du nun nicht gesehen. Aber du hast die Heilungen gesehen, die ich vollbracht habe. Wie hätte ich das machen sollen, wenn nicht durch den Vater.“

Damit musste sich Thomas zufriedengeben. Noch mehr Fragen brannten ihm unter den Nägeln, z.B. wer denn nun Jesus gezeugt hatte – Gottvater oder der Heilige Geist – und wie er es gemacht hatte. Auch interessierte ihn, wie denn der Ziehvater Josef zu der Sache stand. Aber diese Fragen schienen ihm zu persönlich und er verkniff sie sich. Wer fragt schon seinen Lehrmeister nach dessen Zeugung?

Unter den weiteren Leuten, die ihm folgten, mochte Jesus Maria Magdalena am liebsten. Sie tat sich besonders durch ihre Bußfertigkeit hervor.

Nun hatte Maria Magdalena einen Bruder namens Lazarus, der eines Tages sehr krank wurde. Er wohnte in Bethanien. Jesus wollte sich auf den Weg zu ihm machen, um ihm zu helfen. Die Jünger warnten:

„Herr, in Judäa wollte man dich steinigen. Sollen wir wirklich dorthin ziehen?"

Da sagte Jesus ihnen, dass Lazarus schon gestorben sei und deutete an, dass er ihn wiedererwecken würde, um die Jünger im Glauben zu stärken.

Thomas rief begeistert:

„Lasst uns mit ihm gehen, dass wir mit ihm sterben!"

Es war klar: Die Wiedererweckung wollte er mit eigenen Augen sehen. Wenn Jesus nur sagte, dass er es könne, reichte ihm das nicht.

Der Tod schreckte ihn nicht. Sein Mut zeigte, dass sein Glaube an das ewige Leben stark genug war, den Tod nicht zu fürchten. Solange er etwas glauben konnte, glaubte er felsenfest daran und Jesu Lehre vom ewigen Leben konnte er glauben, weil sie keiner seiner Erfahrungen widersprach und ihm zusagte. Außerdem hatte Jesus durch all seine Wunder den Grundstein für seinen Glauben gelegt.

Also zogen sie los. Als sie nach Bethanien kamen, teilte Jesus Marta, der Schwester der Maria Magdalena, mit, dass er ihren Bruder Lazarus wiederauferwecken würde, und fügte hinzu:

„Ich bin die Auferstehung und das Leben. Wer an mich glaubt, der wird leben, ob er gleich stürbe; und wer da lebt und glaubt an mich, der wird nimmermehr sterben. Glaubst du das?"

Und Marta antwortet:

„Ja, Herr, ich glaube, dass du der Christus bist, der Sohn Gottes, der in die Welt kommt."

Daraufhin ging Jesus zum Grab des Lazarus, das eine Höhle darstellte, und bat, den Stein vor dem Eingang wegzuheben. Dann rief er in das Grab:

„Lazarus, komm heraus!"

Und tatsächlich, der tote Lazarus stand auf und kam heraus. Er war wieder zum Leben erweckt worden. Es war ein Wunder. Viele sahen es und konnten es bezeugen. Jetzt gab es für Thomas keinen Zweifel mehr: Jesus war der Sohn Gottes und hatte Macht über den Tod.

Bald nach diesem Wunder nahte das Pessach-Fest und Jesus wusste, dass es Zeit wurde, Abschied von seinen Jüngern zu nehmen. Er wusste, dass er noch vor Pessach sterben würde. Behutsam bereitete er sie darauf vor, dass er von ihnen gehen würde. Er würde aber wiederkehren, um auch ihren, der Jünger, Weg ins Paradies vorzubereiten. Sie könnten ihm dann folgen und würden den Weg schon kennen. Die Jünger verstanden diese rätselhaften Worte nicht, aber keiner außer Thomas wagte nachzufragen. Thomas sagte:

„Herr, wir wissen nicht, wo du hingehst; wie können wir dann den Weg wissen?"

Jesus antwortete mit einem seiner bekanntesten Aussprüche:

„Ich bin der Weg und die Wahrheit und das Leben; niemand kommt zum Vater denn durch mich. Wenn ihr mich erkannt habt, so werdet ihr auch meinen Vater erkennen. Und von nun an kennt ihr ihn und habt ihn gesehen."

Thomas genügte das, aber jetzt traute sich auch Philippus vor und wollte mehr Details wissen:

„Herr, zeige uns den Vater, und es genügt uns."

Jesus wurde ausführlich, obwohl er Formulierungen verwandte, die nur die Jünger verstanden:

„So lange bin ich bei euch, und du kennst mich nicht, Philippus? Wer mich sieht, der sieht den Vater. Wie sprichst du dann: Zeige uns den Vater? Glaubst du nicht, dass ich im Vater bin und der Vater in mir? Die Worte, die ich zu euch rede, die rede ich nicht aus mir selbst. Der Vater aber, der in mir bleibt, der tut seine Werke. Glaubt mir, dass ich im Vater bin und der Vater in mir; wenn nicht, so glaubt doch um der Werke willen. Wahrlich, wahrlich,

ich sage euch: Wer an mich glaubt, der wird die Werke auch tun, die ich tue, und wird größere als diese tun; denn ich gehe zum Vater. Und was ihr bitten werdet in meinem Namen, das will ich tun, auf dass der Vater verherrlicht werde im Sohn. Was ihr mich bitten werdet in meinem Namen, das will ich tun. Liebt ihr mich, so werdet ihr meine Gebote halten. Und ich will den Vater bitten und er wird euch einen andern Tröster geben, dass er bei euch sei in Ewigkeit: den Geist der Wahrheit, den die Welt nicht empfangen kann, denn sie sieht ihn nicht und kennt ihn nicht. Ihr kennt ihn, denn er bleibt bei euch und wird in euch sein. Ich will euch nicht als Waisen zurücklassen; ich komme zu euch. Es ist noch eine kleine Zeit, dann sieht die Welt mich nicht mehr. Ihr aber seht mich, denn ich lebe, und ihr sollt auch leben."

Hier bereitete Jesus seine Jünger auf seinen Tod und die Auferstehung vor. Auch bereitete er sie darauf vor, dass er nach seiner Wiederkunft nur ihnen, nicht aber der Welt erscheinen würde. Er fuhr fort:

„An jenem Tage werdet ihr erkennen, dass ich in meinem Vater bin und ihr in mir und ich in euch. Wer meine Gebote hat und hält sie, der ist's, der mich liebt. Wer mich aber liebt, der wird von meinem Vater geliebt werden, und ich werde ihn lieben und mich ihm offenbaren."

Jetzt war es wieder an Thomas nachzuhaken:

„Herr, was bedeutet es, dass du dich uns offenbaren willst und nicht der Welt?"

Das war eine naheliegende Frage und sie war vor allem später von Bedeutung, als der auferstandene Jesus sich nicht der ganzen Welt zeigte.

Jesus antwortete ihm:

„Wer mich liebt, der wird mein Wort halten; und mein Vater wird ihn lieben, und wir werden zu ihm kommen und Wohnung bei ihm nehmen. Wer aber mich nicht liebt, der hält meine Worte nicht. Und das Wort, das ihr hört, ist nicht mein Wort, sondern das des Vaters, der mich gesandt hat. Das habe ich zu euch geredet, solange ich bei euch gewesen bin. Aber der Tröster, der Heilige Geist, den mein Vater senden wird in meinem Namen, der wird euch alles lehren und euch an alles erinnern, was ich euch gesagt habe. Frieden lasse ich euch, meinen Frieden gebe ich euch. Nicht gebe ich euch, wie die Welt gibt. Euer Herz erschrecke nicht und fürchte sich nicht. Ihr habt gehört, dass ich euch gesagt habe: Ich gehe hin und komme wieder zu euch. Hättet ihr mich lieb, so würdet ihr euch freuen, dass ich zum Vater gehe; denn der Vater ist größer als ich. Und jetzt habe ich's euch gesagt, ehe es geschieht, damit ihr glaubt, wenn es nun geschehen wird. Ich werde nicht mehr viel mit euch reden, denn es kommt der Fürst dieser Welt. Er hat keine Macht über mich. Aber die Welt soll erkennen, dass ich den Vater liebe und tue, wie mir der Vater geboten hat. – Steht auf und lasst uns von hier weggehen."

Das waren nun viele Worte, aber genau genommen keine explizite Antwort auf Thomas' Frage. Die Aussagen zum Heiligen Geist, die er vorher gemacht hatte, legten nahe, dass die anderen Menschen die

Botschaft des Heiligen Geistes nicht verstehen würden. Aber bei der angekündigten Auferstehung handelte es sich doch um zukünftige Fakten. Was sollte da nicht zu verstehen sein? Oder sollte es sich nur um eine Botschaft handeln, nicht um ein echtes Ereignis? Wenn es sich aber nur um eine Botschaft handelte, wäre der künftige Auferstandene vielleicht nur eine durch Opiate hervorgerufene Halluzination. Wie dem auch sei, Thomas würde sich noch Gedanken darüber machen.

Nun wurde es Zeit. Jesus hatte seinen Jüngern noch einmal mitgeteilt, dass er sterben und wiederkehren würde. Er forderte sie auf, in seinem Geist weiterzuleben und zusammenzuhalten. Auch versprach er nochmals, ihnen später den Heiligen Geist zu senden.

Zweifel

Dann kam, was Jesus vorhergesehen hatte: Er wurde gekreuzigt. Obwohl er es vorhergesagt hatte, waren die Jünger entsetzt. Thomas konnte nicht verstehen, dass Jesus das mit sich machen ließ. Hatte er nicht noch viel zu predigen und viele gute Werke zu tun?

Dann hieß es, Jesus sei wiederauferstanden. Zunächst hatte er sich Maria Magdalena vor seinem Grab gezeigt. Sie hatte ihn zunächst nicht erkannt. Am Abend trat er mitten zwischen seine Jünger, die sich aus Angst vor Verfolgung eingeschlossen hatten. Thomas war diesmal nicht bei ihnen. Jesus sagte:

„Friede sei mit euch!"

Dann zeigte er ihnen seine Hände und seine Seite und da freuten sich alle, dass er wieder da war.

Als am nächsten Tag Thomas zu den Jüngern kam, war Jesus nicht mehr da. Die Jünger erzählten ihm, dass er ihnen erschienen sei und ihnen seine Hände und seine Seite gezeigt hätte.

Das überzeugte Thomas nicht. Er war ein Zweifler, ein Mensch, der Gewissheit brauchte. Eine Erzählung reichte ihm nicht, zumal bei einer so wichtigen Frage. Gewiss, es gab Argumente, die für eine Wiederauferstehung sprachen: Jesus selbst hatte angedeutet, dass er getötet werden würde. Hätte er sich denn so einfach gefangen nehmen lassen, wenn er nicht gewusst hätte, dass er wiederauferstehen würde?

Trotzdem konnte Thomas sich das nicht vorstellen. Dass Jesus Lazarus vom Tod zurückgeholt hatte, war etwas anderes, als selbst aufzuerstehen. Damals bei Lazarus hatte Jesus noch gelebt. Wie aber sollte er sich selbst zurückholen, wenn er schon tot war? Es widersprach jeder Erfahrung, die er hatte. Hinzu kam, dass Jesus sich so versteckt hielt. Die Auferstehung, wenn es sie gegeben hätte, wäre doch ein Riesenereignis gewesen. Das ganze Land wäre ihm gefolgt. Seine Feinde hätten keine Chance mehr gehabt, ihm zu schaden. Das alles schlug er aus und hielt sich im Verborgenen. Warum? Er selbst hatte Jesus gerade erst vor Kurzem gefragt, warum er sich nur ihnen offenbaren wollte und nicht der Welt. Jesus hatte ihm nicht zufriedenstellend geantwortet. Das waren ihm zu viele Ungereimtheiten.

Er hatte Zweifel.

Sein ganzes Leben hatte er an allem gezweifelt, was nicht hieb- und stichfest bewiesen werden konnte. Da konnte er jetzt auch nicht aus seiner Haut.

Daher sagte er:

„Wenn ich nicht die durch die Nägel hinterlassenen Wunden an seinen Händen sehe und meinen Finger hineinlege und meine Hand in die Wunde in seiner Seite, glaube ich es nicht."

Acht Tage später waren die Jünger wieder hinter verschlossenen Türen versammelt und Thomas war diesmal bei ihnen.

Da trat Jesus wiederum mitten zwischen sie und sprach zu Thomas:

„Komm her, mein lieber ungläubiger Thomas! Reiche deinen Finger her und sieh meine Hände, und reiche deine Hand her und lege sie in meine Seite, und sei nicht ungläubig, sondern gläubig!"

Da rief Thomas:

„Mein Herr und mein Gott!"

Jesus aber antwortete:

„Weil du mich gesehen hast, darum glaubst du? Selig sind, die nicht sehen und doch glauben!"

Das war keine Zurechtweisung des ungläubigen Thomas, sondern eine Ermutigung für zukünftige Gläubige. Thomas' Zweifel sah Jesus als verständlich an. Deshalb hatte er ihm geholfen zu glauben. Das zeigt auch, wie wichtig Jesus der Glaube an die Wiederauferstehung war. Thomas hatte versucht, ohne diesen Glauben zurechtzukommen und war unglücklich damit gewesen. Jetzt hatte er den Glauben gefunden und war glücklich darüber.

Nun, da er wieder Vertrauen gefasst hatte und zugleich Jesus offenbar nur noch zu Besuch auf der Erde weilte – wer weiß, wie lange? –, wollte er den Wunsch seiner Freundin Esther erfüllen und bat Jesus:

„Bevor du uns wieder verlässt, hätte ich noch eine Bitte an dich: Könntest du bitte bei deinem Vater ein gutes Wort für meine Eltern und meine Freundin Esther einlegen?"

Jesus entgegnete:

„Der Vater ist in mir und hört dich, wie ich dich höre. Seine Zukunft gestaltet jeder selbst. Deine Eltern und deine Freundin werden selbst bestimmen, ob sie ins Paradies kommen. Sei jedoch versichert, dass deine Fürsprache Gewicht haben wird!"

Thomas war beruhigt und dankte Jesus mit den Worten:

„Hab Dank, Herr! Hoffentlich bleibst du noch eine Weile bei uns."

Jesus teilte ihm mit:

„Eine Weile bleibe ich noch, aber am vierzigsten Tag nach meiner Auferstehung werde ich zum Vater zurückkehren."

Damit musste Thomas sich zufriedengeben.

Thomas hatte an der Wiederauferstehung Jesu gezweifelt. War das schlimm? Er glaubte an das ewige Leben und, dass es vom Gut-Sein im Diesseits abhinge. Genügte das nicht? Die ganze Geschichte mit der Kreuzigung und der Auferstehung ist doch für das Funktionieren der von Christus gelehrten Religion unter praktischen Gesichtspunkten nicht wirklich notwendig. Die Geschichte sollte eine Theorie bestätigen, die auf Prophezeiungen und die Beseitigung der Erbschuld zurückgeht. Das ist zwar theologisch interessant und es kann dem Gläubigen Mut machen, kann aber eben bei manchen auch Zweifel hervorrufen.

Sicher, durch diese Geschichte konnte sich das Christentum von den Pharisäern abgrenzen, aber war diese Abgrenzung wirklich notwendig? So unterschiedlich waren die Glaubensinhalte doch gar nicht, was das Leben nach dem Tod betraf. Es ging doch mehr um die Umsetzung im Alltag. Das war es auch, was Jesus in seinen Auseinandersetzungen mit den Pharisäern immer wieder aufarbeitete.

Der Zweifel hatte bei Thomas ein schlechtes Gewissen hervorgerufen. Er war sich wie ein Außenseiter vorgekommen, da alle seine Genossen glaubten und er nicht.

Dabei hätte er genauso gut ohne diesen zusätzlichen Glauben leben können. Es hätte in der täglichen Praxis keinen Unterschied gemacht.

Jetzt allerdings glaubte er an die Auferstehung und fühlte sich sicherer dadurch, ganz abgesehen davon, dass Jesus ihn persönlich in dieses Mysterium eingeführt hatte. Das war eine besondere Gnade. Er hatte selbst nichts dazu getan. Der Glaube war ihm geschenkt worden, aber nicht durch Erleuchtung, sondern durch einen handfesten Beweis. Das schmälerte den Glauben in seinen Augen nicht. Er war ein Mensch, der Sicherheit brauchte und bekommen hatte. So war es besser für ihn.

Jesus erschien einigen seiner Jünger noch einmal am See von Tiberias. Jesus musste sich durch die Verklärung verändert haben; denn die Jünger erkannten ihn zunächst nicht. Dasselbe war früher schon mit Maria Magdalena und mit den Emmaus-Jüngern geschehen. Auch sie erkannten den auferstandenen Jesus zunächst nicht. Er musste sich sehr verändert haben.

Aber Thomas war auch dabei und er erkannte Jesus. Jesus half seinen Jüngern zu fischen und sie aßen den Fisch zusammen.

Am vierzigsten Tag nach seiner Auferstehung fuhr Jesus in den Himmel auf. Thomas konnte nicht verstehen, warum Jesus nicht noch länger auf der Erde blieb, um seine Auferstehung den Menschen bekannt zu machen und auch besser zu belegen. Er hatte sich auch nur den Anhängern seiner Lehre gezeigt, nicht aber seinen Feinden oder den Römern. Deren Zeugnis hätte es den Menschen sicher leichter gemacht, seine Auferstehung zu glauben. Die römischen Geschichtsschreiber berichteten über Jesu Leben und seine Kreuzigung, aber kein Wort über seine Auferstehung.

Warum ist der auferstandene Jesus nur so wenigen Menschen erschienen und meist nur hinter verschlossenen Türen? Es schien fast so, als vermiede man, den Auferstandenen vor unabhängigen Zeugen zu zeigen. Das war merkwürdig, zumal es sich doch um einen Triumph von Jesu Lehre handelte. So etwas würde man eigentlich ausgiebig zelebrieren. Und bei Lazarus hatte man sich doch auch nicht gescheut, der ganzen Welt die Erweckung von den Toten zu zeigen. Warum dann jetzt?

Es war auch nicht gerade rücksichtsvoll gegenüber denen, die die Geschichte glauben sollten. Thomas erinnerte sich an seine eigenen Schwierigkeiten, die Auferstehung zu glauben, und hätte den anderen Menschen gewünscht, es leichter zu haben. In der Tat, wenn er nicht durch Jesus selbst überzeugt worden wäre, hätte er jetzt erst recht gezweifelt.

Es war doch merkwürdig, dass es so gar keine externen Zeugen gab und dass der auferstandene Jesus in mehreren Fällen zunächst selbst von seinen Jüngern nicht erkannt wurde. Schon Maria Magdalena hatte den auferstandenen Jesus zuerst für einen Gärtner gehalten, nur die Stigmata hatten bei Thomas den Glauben bewirkt und erst am Brotbrechen erkannten die Emmaus-Jünger Jesus, am See von Tiberias erkannten ihn die Jünger erst, als Johannes ihn beim Namen nannte. Jesus war nur auserwählten Jüngern in geschlossener Gesellschaft erschienen. Das werden doch wohl keine Drogen-Sitzungen gewesen sein, bei denen man sich in etwas einatmete, halluzinierte, sich hineinsteigerte und es dann hinterher glaubte. In Delphi benutzte man Dämpfe aus dem Erdinneren, um die Priesterin in Trance zu versetzen. Denkbar wäre ähnliches schon.

Andererseits war er ja Zeuge. Dann wäre er bei so einer Sitzung dabei gewesen. Er müsste sich doch erinnern! Da hätte er nie mitgemacht! Er war sich ganz sicher.

Thomas glaubte inzwischen fest an die Auferstehung. Die alternativen Theorien, auf die er immer wieder kam, betrachtete er als Versuchungen seines Glaubens, denen er sich mutig stellte.

Die Auferstehung sollte wohl ein Mysterium bleiben und zwar, wie sich die Sache inzwischen darstellte, ein sehr zentrales, wenn nicht gar das entscheidende für die Zugehörigkeit zum Christentum. Wollte man einen Geheimbund gründen? Andererseits hatten die Jünger den Auftrag erhalten, die Lehre in der ganzen Welt zu verbreiten. Wie passte das zusammen?

Am fünfzigsten Tag nach Jesu Auferstehung kam der Heilige Geist auf die elf verbliebenen Jünger nieder, wie Jesus es angekündigt hatte. Sie wurden erleuchtet, konnten plötzlich die verschiedensten Sprachen sprechen und erhielten den Missionsauftrag. Das bedeutete, dass sie in alle Welt hinausgehen sollten, um Jesu Botschaft zu verkünden.

Sie losten aus, wer in welche Gegend gehen sollte. Thomas zog Indien. Er brach sofort auf, wanderte zunächst bis in den

Irak und den Iran. Später zog er weiter, zunächst in das indo-parthische Reich des Königs Gundaphar. Es erstreckte sich vom heutigen Pakistan bis nach Nordindien. Für König Gundaphar sollte er einen Palast erbauen. Auf seiner Reise hatte er mit mehreren Baumeistern zusammengearbeitet und es in dieser Kunst zu einer gewissen Fertigkeit gebracht. Also nahm er den Auftrag an und führte ihn zu Ende.

Der König war begeistert von seiner Arbeit und fragte Thomas, ob er nicht noch etwas für ihn bauen wollte. Thomas wollte etwas Gutes tun und bot dem König an, einen Palast für ihn im Paradies zu bauen, wenn er die Kosten, die er für den vorigen Palastbau hatte aufbringen müssen, an die Armen in seinem Reich spendete. Der König war einverstanden und verteilte das Geld. Danach fragte er Thomas nach dem Palast. Thomas antwortete:

„Er ist schon fertig. In deinen Träumen kannst du ihn besuchen."

Der König verstand das nicht und glaubte, dass Thomas ihn betrogen hätte und jetzt verspottete. Er ließ ihn ins Verlies werfen.

In der darauffolgenden Nacht träumte Gundaphar jedoch tatsächlich von einem Palast und vermeinte, eine Stimme zu hören, die sprach:

„Dies ist der Palast, den Thomas für dich im Paradies erbaut hat."

Der König erkannte nun, dass Thomas nicht gelogen hatte, holte ihn aus dem Verlies und ließ sich von ihm taufen.

Danach empfahl er Thomas, in Südindien weiter zu missionieren. Dieser Mann, der Macht über die Träume hatte, war ihm wohl doch ein wenig unheimlich und er wollte ihn loswerden. Thomas folgte diesem Ratschlag und zog nach Südindien, wo er im Jahr 52 ankam.

In Indien

Überall sprach er mit den Menschen, sammelte Anhänger und gründete zahlreiche christliche Gemeinden. In Indien entstand die Kirche der Thomaschristen. Immer predigte er Jesu Wort. Im Lauf der Jahre änderten sich die Aussprüche, die er zitierte, unmerklich ab, da er sie nicht aufgeschrieben hatte, sondern aus dem Gedächtnis wiedergab.

Thomas missionierte zunächst die Malabarküste, wo er sieben Gemeinden gründete. Dann zog er an die Koromandelküste.

Schließlich blieb er in Mailapur in der Nähe von Madras hängen. Dort baute er mit den Einwohnern eine christliche Kirche, die gut besucht wurde. Er predigte aber nicht nur in der Kirche, sondern auch in der freien Natur, wie Jesus es getan hatte.

Eines Tages gab er Jesu bekannten Ausspruch über die Ersten und Letzten wieder:

„Aber viele, die die Ersten sind, werden die Letzten sein und die Letzten werden die Ersten sein."

Nach der Predigt kam Janaka, einer seiner indischen Freunde zu ihm und meinte:

„Mit diesem Ausspruch von den Ersten und Letzten habe ich Schwierigkeiten. Es hört sich an, als ob es auch im Paradies eine Rangfolge geben würde, wenn auch eine andere als hier auf der Erde. Hierarchien sind aber doch nur eine Erfindung der Menschen. Kann ich hoffen, dass wir sie im Paradies nicht mehr brauchen werden?"

Thomas antwortete:

„Du hast recht, der Ausspruch ist missverständlich. Er soll wohl bedeuten, dass die Rangfolgen durcheinandergewirbelt werden und nicht mehr existieren."

„Dann solltest du das deutlicher herüberbringen."

Seit damals wandelte Thomas den Spruch ab:

„Denn viele Erste werden Letzte werden, und sie werden ein einziger werden."

Das mit dem Eins-Werden hat Thomas wahrscheinlich aus der in Indien weitverbreiteten Vedanta-Philosophie übernommen, von der Thomas im Lauf seines Aufenthalts in diesem Land beeinflusst worden war. Deswegen hat er diese monistische Formulierung verwendet, die darauf zurückgeht, dass die Vedanta-Philosophie lehrt, dass im Moksha, dem Endzustand, alles eins wird.

Gern wird Thomas auch noch kryptischer, als schon Jesus es manchmal war. Die erleuchtende Kraft des Glaubens betont er mit folgendem Ausspruch, angeblich auch von Jesus:

„Denn es gibt nichts Verborgenes, was nicht offenbar werden wird."

In die gleiche Richtung geht auch das Folgende:

„Ich werde euch geben, was kein Auge gesehen und was kein Ohr gehört und was keine Hand berührt hat und was nicht im menschlichen Sinne aufgekommen ist."

Thomas erzählte diese Aussprüche, als stammten sie von Jesus. Er war sich gar nicht im Klaren darüber, dass er dessen Lehre damit leicht veränderte. Andererseits machte er sie dadurch für die Inder attraktiver.

Ravinder, ein anderer Freund, fragte Thomas eines Tages:

„Was sagt Jesus eigentlich zum Samsara, der Seelenwanderung, und zur Reinkarnation?“

Thomas meinte:

„Gar nichts. Er hat sie weder erwähnt noch geleugnet. Es gibt aber Gnostiker, die Jesus für eine Inkarnation von Gottes Sohn halten.“

„Dann kann eigentlich Jesus auch nichts dagegen haben, dass du die Reinkarnation in deine Predigten einbaust. Hier in Indien glauben fast alle daran.“

Das leuchtete Thomas ein und in einer seiner nächsten Predigten ging er darauf ein:

„Selig ist, wer war, ehe er wurde. Wenn ihr mir zu Jüngern werdet und meine Worte hört, werden diese Steine euch dienen. Denn ihr habt fünf Bäume im Paradies, die von Sommer und Winter unberührt bleiben, und deren Blätter nicht abfallen. Wer sie erkennt, wird den Tod nicht schmecken.“

Wieder legte er die Worte Jesus in den Mund. Da war ganz am Rande an Anfang von Reinkarnation die Rede, dann kam er wieder zum konventionellen Paradiesbegriff. Aber immerhin hatte er einen indischen Zugang ermöglicht.

Den ewigen Kreislauf der Wiedergeburten will man ja durchbrechen, um zum Ende ohne Tod zu gelangen. Thomas beschrieb in einem weiteren Zitat, wie man dazu kommt:

„Die Jünger sprachen zu Jesus: ‚Sage uns, wie unser Ende sein wird.‘ Jesus sprach: ‚Habt ihr denn schon den Anfang entdeckt, dass ihr nach dem Ende fragt? Denn dort, wo der Anfang ist, dort wird auch das Ende sein. Selig, wer am Anfang stehen wird, und er wird das Ende erkennen und den Tod nicht schmecken.'"

Der Einheit von Atman und Brahman versuchte Thomas sich mit folgendem Ausspruch anzunähern, den er auch Jesus zuschrieb:

„Ich bin der, der aus dem Ungeteilten ist; mir ist von dem, was meines Vaters ist, gegeben."

Er muss wohl geglaubt haben, in Jesu Sinne zu sprechen. Vielleicht hatte er, der viel mit Jesus gesprochen hatte, entdeckt, dass Jesus eine verborgene Wesensverwandtschaft mit den Indern gehabt haben könnte.

Wenn Jesus auch fast permanent mit seinen Jüngern zusammen gewesen war, so war er doch, was seine Beziehung zu seinem göttlichen Vater betraf, letztlich einsam gewesen. Am schlimmsten ist es geworden, als er sich am Kreuz von allen und auch von Gott verlassen fühlte und rief:

„Mein Gott, mein Gott, warum hast du mich verlassen?"

Thomas hat dieses Gefühl wohl auch gekannt und gewusst, dass es zu seinem Weg dazugehörte. Er predigte:

„Viele stehen an der Tür, aber die Einsamen sind es, die in das Brautgemach eintreten werden."

Gern wanderte er zum Fluss Cooum, setzte sich dort ans Ufer und meditierte. Das monotone Gluckern des Wassers versetzte ihn in Trance. Das Wasser kam von irgendwoher und verschwand irgendwohin. Das Wasser war immer neu und doch war der Fluss immer derselbe. Er fühlte sich wie der Fluss. Sein Körper erneuerte sich dauernd und doch blieb er immer derselbe. Seine Gedanken kamen und gingen, aber sein Bewusstsein war ihr Aufenthaltsort. Unzählige Wassertropfen befanden sich im Fluss und jeder war ein Teil des ganzen Flusses. Der Fluss fand sich in jedem einzelnen Tropfen und in jedem Tropfen der Fluss. Alles war eins. Er beschwor diese All-Einheit in Worten, die er wie immer Jesus in den Mund legte:

„Ich bin das Licht, das über ihnen allen ist. Ich bin das All, das All ist aus mir hervorgegangen, und das All ist bis zu mir ausgedehnt. Spaltet ein Holz, ich bin da. Hebt den Stein auf, und ihr werdet mich dort finden."

Davon ausgehend nahm er auch den Begriff der Advaita, der Nichtzweiheit, auf:

„Wenn ihr die zwei zu eins macht, werdet ihr Söhne des Menschen werden. Und wenn ihr sagt: Berg, bewege dich fort, wird er sich fortbewegen."

Diese Aussprüche waren ihm wichtig und sie bewegten die Menschen.

Auffällig war, dass Thomas die Passionsgeschichte und die Auferstehung Jesu in seinen Predigten nicht erwähnte. Die Passionsgeschichte für sich genommen hätte die Frage aufgeworfen, warum Gott die Kreuzigung zuließ, und die Geschichte von der Auferstehung hörte sich so unwahrscheinlich an, dass er selbst sie ja zunächst nicht geglaubt hatte. Er wollte wohl seine Zuhörer nicht überfordern. Er wusste aus eigener Erfahrung, dass bei diesen Geschichten der Zweifel nahelag.

Wie viele andere Völker auch freuten sich die Inder nicht ausnahmslos darüber, missioniert zu werden. Sie hatten ihre eigenen Religionen und einige wollten Thomas und seine Predigten nicht im Land haben. Sie bedrohten ihn mit dem Tod, wenn er nicht ginge. Thomas nahm das nicht ernst, bis eines Tages Janaka, der viel mit den Menschen sprach, ihn beiseite nahm und ihn informierte, dass ein konkreter Anschlag auf ihn geplant war, der am nächsten Tag durchgeführt werden sollte. Janaka versuchte, ihn zur Flucht zu überreden.

„Du musst fliehen. Sonst töten sie dich tatsächlich."

Thomas antwortete ihm:

„Das ist doch alles nur Maya, nur Illusion. Was mir hier auf Erden geschieht, ist ohne Bedeutung für meine Seele."

„Dann glaubst du also auch wie wir an das Ende im Moksha?", wollte Janaka wissen.

„Nicht so wie ihr. Für euch erlischt die Existenz im Moksha, für mich wartet erst die wahre Existenz im Jenseits. Sie wird viel besser sein als auf dieser Welt. Daher habe ich keine Angst vor dem Tod und werde mich nicht beirren lassen"

Er war fest entschlossen, am nächsten Tag seine Predigt wie üblich zu halten. Janaka schlug vor:

„Dann sollte ich wenigstens ein paar kräftige junge Männer um dich herum postieren, um dich zu schützen."

Thomas wiegelte ab:

„Das würde auch nichts nützen. Wenn mich jemand unbedingt töten will, dann schafft er es auch. Die Mühe kannst du dir sparen."

Er wusste natürlich, dass Janaka trotzdem tun würde, was er konnte. Und er wusste, dass er trotzdem am nächsten Tag sterben würde.

In der Nacht träumte Thomas von Jesus, der ihm erschien und ihm versicherte, dass er ihn bald wiedersehen werde.

Also stieg er am nächsten Morgen auf den Hügel, auf dem er immer seine Predigten hielt. Die Menge hatte sich schon versammelt. Er begann seine Predigt. Ein kleines Grüppchen unauffälliger Inder näherte sich seinem Standort. Sie standen so dicht beieinander, dass man nicht sehen konnte, dass einer in der Mitte einen Speer trug. Dann traten sie auf ein Kommando auseinander, so dass der in der Mitte Platz hatte, seinen Speer zu werfen. Er warf und traf Thomas in die Brust. Der Speer durchbohrte ihn mit tödlicher Gewalt. Sterbend brach Thomas zusammen.

Janaka, der sich zur Sicherheit in seiner Nähe aufgehalten hatte, stürzte hinzu, um Thomas zu helfen. Aber er konnte nichts mehr tun. Thomas stammelte nur noch seine letzten Worte:

„Ich werde Jesus wiedersehen."

Dann war er tot, gestorben als Märtyrer für seinen Glauben.

Der Hügel, auf dem er gestoben war, heißt heute St. Thomas Mount. Sein Leichnam wurde im Jahr 72 in Mailapur in der Kirche bestattet, die einst unter seiner Leitung erbaut worden war.

Zu seinen Lebzeiten war Thomas weit gereist. Auch nach seinem Tod waren seine sterblichen Überreste lange unterwegs. Im dritten Jahrhundert wurden seine Reliquien in die Stadt Edessa in der heutigen Türkei überführt, wo Thomas lange gepredigt haben soll. Im Jahr 1218 reisten sie auf die griechische Insel Chios und 1258 nach Orthona in Italien, wo sie sich heute immer noch befinden.

Seine indischen Predigten wurden mündlich überliefert und nach seinem Tod als das Thomasevangelium niedergeschrieben.